IMPRESSUM

RABENMÜTTER VERLAG UG (HAFTUNGSBESCHRÄNKT)

ORFFSTRASSE 14
80634 MÜNCHEN

ISBN: 978-3-942336-09-3

HAT DIR DAS BUCH GEFALLEN? SCHREIB UNS DEINE MEINUNG UNTER:
ANGEKLOPFT@RABENMUETTER-VERLAG.DE
MEHR INFOS JEDERZEIT IM WEB UNTER
WWW.RABENMUETTER-VERLAG.DE
WWW.GEILIOSTRUDEL.DE

DIE DEUTSCHE BIBLIOTHEK – CIP-EINHEITSAUFNAHME
EIN TITELSATZ FÜR DIESE PUBLIKATION IST BEI DER DEUTSCHEN BIBLIOTHEK ERHÄLTLICH.

DRUCK: Memminger MedienCentrum
Druckerei und Verlags-AG

PRINTED IN GERMANY

JACKSON NORBY

GESCHICHTE
VON LENN
ILLUSTRIERT VON
SIMON HÖFER

FÜR ALLE
KINDER DIESER
ERDE

UND FÜR DICH

DAS IST

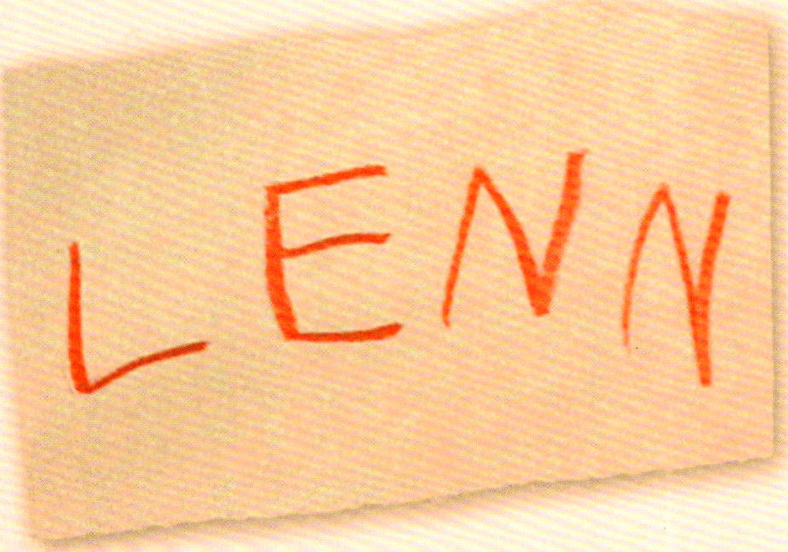

ORIGINAL UNTERSCHRIFT!

MANCHMAL IST ER

BRAV ODER GRUSELT SICH ODER HAT EINE UNTERHOSE AUF DEM KOPF

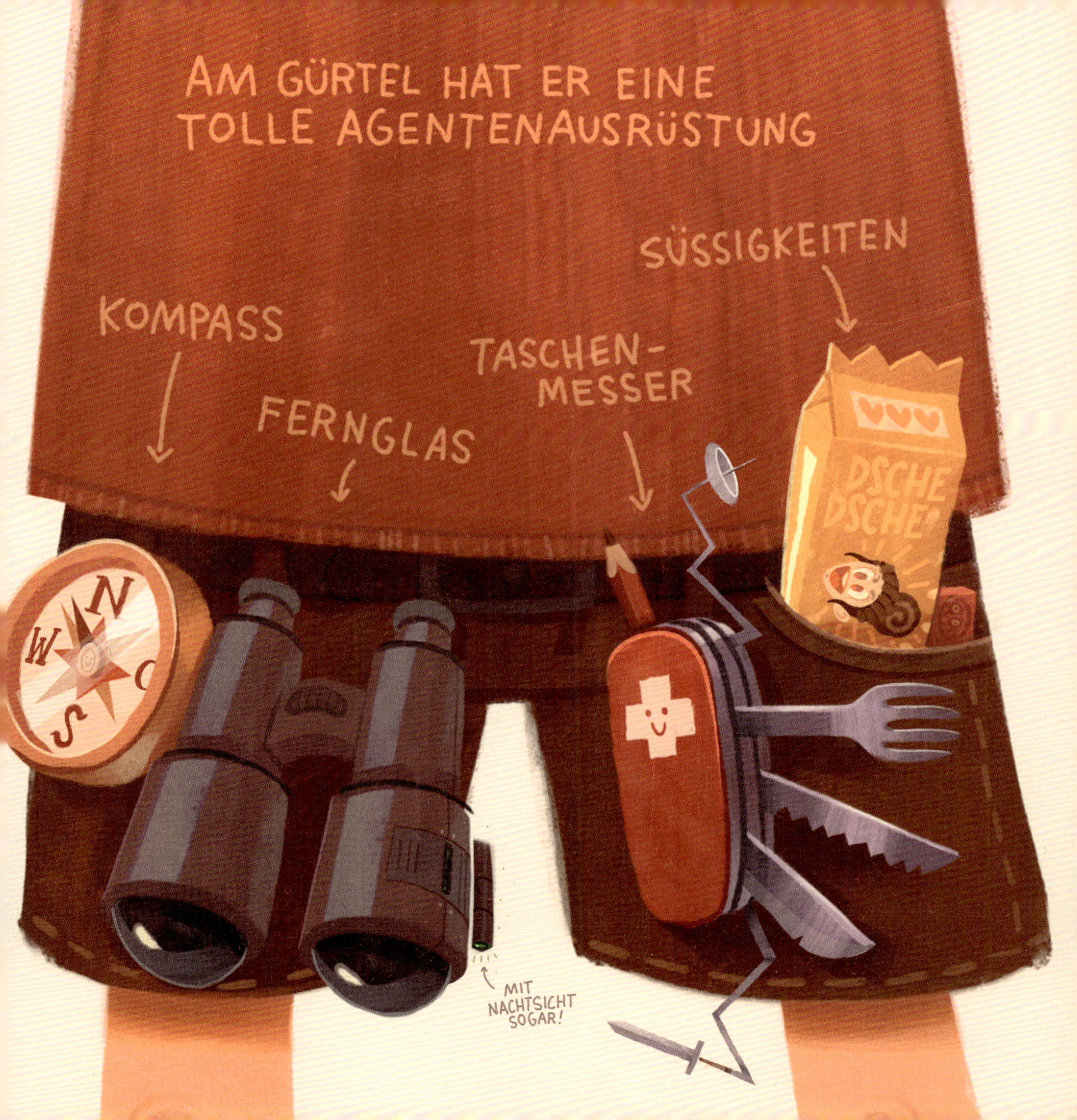
AM GÜRTEL HAT ER EINE TOLLE AGENTENAUSRÜSTUNG
SÜSSIGKEITEN
KOMPASS
TASCHEN-MESSER
FERNGLAS
DSCHE DSCHE
N
W
S
O
MIT NACHTSICHT SOGAR!

ER KANN RICHTIGE ALARMANLAGEN BAUEN

UND MAG STARWURST

AUSSERDEM HAT ER DEN
COOLSTEN FREUND DER WELT:

JACKSON NORBY!

DER NORBY (SO NENNEN IHN SEINE FREUNDE) HAT GANZ KURZE HAARE BIS ZUM PO UND DIE SIND SO HELL, MAN SIEHT SIE NICHT.

UND WEIL DAS KEINEN SINN ERGIBT, SIND DIE HAARE EINFACH BRAUN

DAS SCHWERT KANN AUCH LASER SCHIESSEN!
NOCH EINE LASERPISTOLE (ALS ERSATZ)
DER GÜRTEL NICHT
DIE LASER AM ANZUG SCHÜTZEN IHN, WENN ER WO HÄNGEN BLEIBT.
SCHNÜRSTIEFEL (NORBY KANN SCHON SCHLEIFE BINDEN!)

DER NORBY WURDE NICHT GEBOREN, SONDERN IST EINFACH AUS DEM WELTALL GEFALLEN!

AUSSERDEM WAR DER NIE KIND!

DER WAR
ERST SÄBELZAHNTIGER

UND HAT
SICH DANN IN
JACKSON NORBY
VERWANDELT!

ER KANN JEDEN TAG SO LANGE WACH BLEIBEN WIE ER WILL UND DARF IMMER SÜßIGKEITEN ESSEN!

TROTZDEM MUSS ER NIE ZÄHNE PUTZEN, DENN ER HAT EINE ZAHNBÜRSTE IM MUND EINGEBAUT.
DIE MERKT ER ABER GARNICHT
10×10=
ui!
wusel

DER NORBY MUSS AUCH NIEMALS AUFRÄUMEN, WEIL ER EINEN STAUBSAUGER HAT, DER ALLES EINSAUGT UND AM RICHTIGEN PLATZ WIEDER AUSSPUCKT!

DEN STAUBSAUGER HAT ER IN AFRIKA GEBAUT, DESWEGEN IST DER AUS ERDE, ABER AUS SEHR HARTER ERDE.

i SOGENANNTE BETONERDE

DIE BEKOMMT ER VON
SEINEN FREUNDEN IN
AFRIKA IM TAUSCH
GEGEN SECHS GROßE
FLASCHEN WASSER.

DORTHIN FLIEGT ER IMMER MIT SEINEM CABRIOFLUGZEUG UND WEIL DAS KEIN DACH HAT, MUSS ER IMMER LANDEN, WENN ES REGNET.

NORBYS RICHTIGES RAUMSCHIFF IST GRÖSSER ALS DIE ERDE UND SIEHT AUS WIE EIN WAL!

DESWEGEN LANDET ER
NUR NACHTS GENAU ÜBER
LENNS HAUS UND HOLT IHN AB.

DANN MACHEN DIE BEIDEN EINE FETTE SAUSE
IN NORBYS WELTRAUMVILLA!
N
IM GARTEN WACHSEN MONDE,
DIE MAN ESSEN KANN, WENN SIE FERTIG SIND

ES GIBT SOGAR EIN PINGUINBEET!

UND IN DER VILLA
IST EIN FUSSBALLSTADION
IN DEM DIE BEIDEN WELT-
RAUMFUSSBALL SPIELEN

WELTRAUMFUSSBALL
HAT KEINE REGELN,
DESWEGEN IST ES
ZIEMLICH VERRÜCKT
TOSENDES PUBLIKUM VON FOODIE + SIMON
NORBY
PIGSIE
JAN

DOCH DER NORBY HAT NICHT NUR HÄUSER IM WELTALL, SONDERN AUCH IM MEER!
DURCH DEN KAMIN KOMMT LUFT INS HAUS
N
DORT SPIELT ER MIT LENN UNTERWASSER-VERSTECKEN

DAS UBOOT IST FESTGEBUNDEN, DAMIT ES NICHT WEGSCHWIMMT
SEEWURST
DIE SCHNUR IST SO DICK, DASS MAN DURCH SIE DURCH TROCKEN INS BOOT GEHEN KANN
UND MACHT TOLLE FOTOS VON WALFISCHEN

AUSSERDEM GEHEN DIE BEIDEN ZUSAMMEN TIEFSEETAUCHEN UND FISCHE FANGEN
DER NORBY IST AUCH TAUCHLEHRER, DESWEGEN KANN DER AUCH HAIE BESIEGEN
BATZ

UND LENN HAT EINEN NEOPRENANZUG
MIT EXTRA GROSSER TAUCHERFLASCHE
UND GANZ LANGEM SCHNORCHEL,
DAMIT ER GANZ TIEF UNTEN NACH
SELTENEN FISCHEN
SUCHEN KANN

MIT DEN FISCHEN SPIELEN SIE DANN IHR LIEBLING
WERFEN OHNE DASS DIE PINGUINE EINEN ER

EL: "FISCHE ÜBER DAS PINGUINBEET HIN UND HER
HEN DÜRFEN„.

(FISCHTENNIS MACHT
AUCH DEN PINGUINEN GROßEN SPAß!)

AUF IHREM SPIELPLATZ ÜBEN DIE BEIDEN KÄMPFEN

ODER SPIELEN KEIJSI, EIN SPIEL, BEI DEM MAN EINE UNTERHOSE AUF DEM KOPF HAT UND GANZ WILD RUMRENNT

DER SPIELPLATZ
HEISST REKENT
UND IST AUF DEM KOPF
VON EINEM MANN, DER
GRÖSSER IST ALS DIE
ALLERGRÖSSTEN
WOLKENKRATZER!

DAMIT SIE LÄNGER
SPIELEN KÖNNEN,
SAUSEN SIE AUF
SUPERSCHNELLEN
POPORUTSCHERN
IHRE EXPRESSRUTSCHE
RUNTER, WENN LENN
NACH HAUSE MUSS

NACH EINER NACHT VOLLER ABENTEUER BRINGT DER NORBY LENN DANN ZURÜCK INS BETT.

UND DA WUNDERT SICH DER PAPA NOCH,
DASS LENN MORGENS NIE AUFSTEHEN WILL!

ENDE

UND NUN:
DIE AUTOREN
SIMON HÖFER
LENN KÖGLOWITZ
UND VIELE TOLLE GEHEIMNISSE ÜBER DAS BUCH!
AUF DER NÄCHSTEN SEITE

WO DAS NORBYBUCH HERKOMMT

IM ALTER VON VIER JAHREN BEGANN DER KLEINE LENN, GESCHICHTEN ÜBER JACKSON NORBY ZU ERZÄHLEN. IN DIESEM ALTER SIND IMAGINÄRE FREUNDE ZWAR NICHTS UNGEWÖHNLICHES, DOCH LENN'S ERZÄHLUNGEN ÜBER DIE ABENTEUER MIT SEINEM FREUND NORBY WAREN SO AUSSERGEWÖHNLICH KREATIV, AUFGEWECKT PFIFFIG, VERTRÄUMT UND SYMPATISCH, DASS DER LIEBENSWERTE FRECHDACHS JEDEN DAMIT BEGEISTERTE UND DIE KLEINEN & QUIRLIGEN GESCHICHTEN SCHNELL DIE RUNDE MACHTEN.

BISHIN ZU SIMON HÖFER, MIT 25 JAHREN SELBST NOCH LAUSBUB AUS LEIDENSCHAFT, SOWIE ILLUSTRATOR UND GLÜCKLICHER WUSEL. ER JONGLIERT, MALT UND KLETTERT SEHR GERNE, MAG GUTE, LUSTIGE UND LIEBE SACHEN AM LIEBSTEN, REIST UND STRUDELT DURCH DIE WELT UND LIEBT DAS LEBEN. BIS HEUTE HAT ER SICH SEIN INNERES KIND VOLLE PULLE BEWAHRT UND SO WIRD ES SEIN, SOLANGE PÜPSE LUSTIG SIND (UND PÜPSE SIND DEFINITIV FÜR IMMER LUSTIG)

SOWIESO SCHON IMMER ZUTIEFST BEEINDRUCKT UND INSPIRIERT VON DER FANTASIE UND DER KREATIVITÄT KLEINER KINDER, BEGANN ER VOLL BEGEISTERUNG, FAST EIN JAHR LANG, LENN'S WUNDERSAME UND SCHÖNE ANEKDOTEN ZU SAMMELN UND ZU DIESEM BUCH ZU VERWUSELN. NATÜRLICH UNTER LENN'S AUFSICHT, DENN ES WAR IHM DAS WICHTIGSTE, NORBYS ABENTEUER IN GENAU DEM WUNDERBAR KINDLICHEN GROOVE UMZUSETZEN, WIE LAUSER LENN SIE SICH AUSDACHTE.

UND WIE DAS SO WAR ES ZU MACHEN

SIMON SCHWÄRMT

ICH FAND ES UNBESCHREIBLICH SCHÖN UND FASZINIEREND DIE SO UNGLAUBLICH FREIEN UND MÄCHTIGEN FANTASIEGEBILDE EINES KINDES UMZUSETZEN.
ES WAR WIE EIN TRAUM, ALLES SO FRISCH! ICH MEINE, ALLEIN DIE ANTWORT AUF MEINE ERSTE FRAGE, WIE JACKSON NORBY DENN AUSSIEHT:
„WEICH."
DAS SIND GEDANKENGÄNGE VON ANBETUNGSWÜRDIGSTER SCHÖNHEIT!
„UND DIE HAARE?"
„DIE SIND GANZ KURZ BIS ZUM PO UND SO HELL, DIE SIEHT MAN NICHT."

DIESE WAHRE, REINE, VON ALLEM WISSEN UND RICHTIG UND FALSCH, KONVENTIONEN UND SCHABLONEN SO UNBERÜHRTE, SORGLOSE KREATIVITÄT IST EINFACH NUR ZUTIEFST SCHÖN UND ES WAR FÜR MICH AUCH NICHTS ALS HERRLICH, FÜR EINEN 5-JÄHRIGEN ARTDIRECTOR ZU ARBEITEN.
FÜR MANCHES FERTIGTE LENN DIE VORLAGEN SOGAR HÖCHSTSELBST.

ART-DIRECTOR LENN
MIT WALRAUMSCHIFF
-KONZEPT

NATÜRLICH
GANZ OHNE ZWEIFEL GLASKLAR:
DAS SCHWURBEL-TURBO-MÄSSIGE
WELTRAUMFUSSBALL

ENTWURF FÜRS UNTERWASSERHAUS
MIT UBOOT
UND NORBY,
DER WAL-
FOTOS
MACHT

DANKE AN
ALLE

SEID GLÜCKLICH